DU RECENSEMENT.

DU

RECENSEMENT

PAR

JACQUES BONHOMME.

Jacque, il me faut troubler ton somme.
Dans le village, un gros huissier
Rode et court suivi du messier :
C'est pour l'impôt, las ! mon pauvre homme.
Lève-toi, Jacques, lève-toi,
Voici venir l'huissier du roi.

BÉRANGER.

PARIS

IMPRIMERIE LANGE-LEVY ET COMPAGNIE

Rue du Croissant, 16.

1841

I.

Il est un axiome incontestable dans notre droit public, c'est que l'impôt doit être établi et voté par ceux qui le paient. Cet axiome, la Charte l'a consacré, mais il est bien antérieur à elle.

L'art. V de l'ordonnance de 1355, concertée entre les états généraux et le roi Jean, défend de lever des impôts qui n'auroient pas été consentis librement par le peuple, et il ajoute : « Et si, par aventure, aucuns de nos officiers ou autres, soubz umbre de mandemens ou impétrations aucunes, vouloient ou s'efforçoient de prendre ledit argent, lesdits députés et receveurs leur pourroient et seroient tenus de résister de fait et pourroient assembler leurs voisins des bonnes villes et autres, selon que bon leur sembleroit, pour eulx résister comme dit est. » (*Hist. parlement.*, t. IV, p. 86.)

Commines, l'historien de Louis XI, nous apprend aussi, « qu'*il n'y avoit ni roi ni seigneur* sur terre qui eût pouvoir, outre son domaine, de mettre un denier sur ses sujets, sans octroi et consentement de ceux qui devoient le payer, si ce n'est par tyrannie ou violence. Mais, ajoute-t-il, il en est bien d'assez bêtes pour ne savoir ce qu'ils peuvent faire. » Ce qui veut dire qu'alors, comme de nos jours, les gouvernans faisaient de l'arbitraire, et que les gouvernés se résignaient sottement à le subir. — Il est vrai que les rois de ces temps-là, quand ils se sentaient mourir, prenaient pitié de leur pauvre peuple, ordonnaient à leurs successeurs de modérer l'impôt, et dans leur repentir amer d'avoir tant vexé leurs sujets, ils se faisaient revêtir d'un cilice, se couchaient sur la cendre, et demandaient pardon à Dieu et absolution au Saint-Père qui ne la refusait jamais. Au moins, la conversion du pécheur, quoique tardive, apportait quelquefois un adoucissement temporaire aux maux du peuple. Aujourd'hui, il n'a plus même cette consolation ; tous les ministères meurent dans l'impénitence finale.

Je lis dans les *Lettres de Mme de Sévigné* que Louis XIV, ayant l'Europe sur les bras, et dénué de soldats, d'armes et surtout d'argent, ce nerf de la guerre, envoya en Bretagne une armée pour lever l'impôt, et fit pendre à Rennes, sur la grande place du Palais, une vingtaine de ménétriers qui avaient charivarisé les collecteurs. La mesure était un peu vive, j'en conviens, et la pendaison de ces pauvres diables tout au moins fort inutile. Mieux eut valu sans doute pendre les traitans et fermiers généraux. Du reste, ceux-ci ne perdirent rien pour attendre; quelques années plus tard, le peuple vengeait les ménétriers.

Mais, enfin, cet argent servit à équiper l'armée du maréchal de Villars, à battre les alliés et à remporter la victoire de Denain qui sauva la France de l'invasion et du partage.

Si c'était aussi pour replacer la France au rang qui lui appartient dans le monde que le ministère transforme quarante ou cinquante mille hommes, l'arme au bras, le sac au dos, en contrôleurs de contributions; si c'était pour rendre à la Pologne sa nationalité, à l'Italie sa liberté, au Rhin sa neutralité, à l'Egypte son indépendance; si c'était pour rétablir la prépondérance de la grande nation dans les congrès européens et forcer les rois à s'incliner devant elle, qui croirait devoir faire un crime au gouvernement d'user de tous les moyens légaux, ordinaires et exceptionnels, pour contraindre les contribuables à payer l'impôt justement établi, si onéreux qu'il fût? Personne assurément. Les citoyens doivent contribuer tous, en proportion de leur fortune, aux charges de l'état. S'y refuser, c'est commettre une mauvaise action, une action punissable. L'égoïsme municipal, pas plus que l'égoïsme individuel, ne doit se mettre en opposition avec l'intérêt général. L'obéissance au pouvoir central, quand celui-ci agit dans les limites de ses attributions, est le premier devoir d'un citoyen, comme le salut commun et le maintien de l'unité nationale, ce qui est tout un, est le premier droit de la société

Mais il ne s'agit point ici pour la nation de

venger son honneur outragé ; il ne s'agit point de guerre avec l'étranger, ni de ces batailles de géants comme en livraient nos pères. Les hommes qui nous demandent si violemment presque notre dernier écu sont précisément ceux que la patrie a trouvés, au jour de ses désastres, dans les rangs de ses ennemis, se réjouissant de ses revers et faisant des vœux pour sa ruine ; ceux qui se prosternaient honteusement aux pieds du roi Louis XVIII lorsque nos frères mouraient à Waterloo ; ceux qui ont institué les cours prévôtales et fait égorger juridiquement et le maréchal Ney, et cent autres de ces vétérans de la grande armée qu'ils appelaient les brigands de la Loire ; ceux qui recevaient un traitement de l'Anglais lorsque l'Anglais soulevait l'Europe contre nous ; ceux qui ont fait mitrailler le peuple à Lyon, à Grenoble, à Paris; ceux qui ont détruit une à une toutes les libertés publiques ; ceux qui ont signé ou approuvé le traité du 15 juillet; ceux enfin que la France a stigmatisés du nom infâme de ministres de l'étranger.

Et pourquoi donc l'augmentation de l'impôt lorsque la France, en comprenant toutes ses charges, paie déjà près de *deux milliards ?* le sixième de son revenu ! Pourquoi ces procédés de Turc à Maure, cette *razzia* financière ? Pour corrompre et pour opprimer. Voilà, en deux mots, toute la politique de l'homme de Gand et de ses complices. Avec l'argent que l'on extorque au pauvre comme au riche, on ne rebâtira pas les murs d'Huningue, on ne fortifiera pas nos frontières, on n'organisera pas nos gardes nationales, on n'équipera pas nos flottes, on n'armera pas nos citadelles, on ne présentera pas à l'ennemi des lignes hérissées de soldats et de canons. Mais on construira autour de Paris des bastilles ; c'est sur le sol français, aux portes de nos villes assiégées que camperont nos régimens ; déposant le fusil pour prendre la pioche, on les forcera à creuser eux-mêmes la fosse de la liberté, on les excitera contre les citoyens, on tentera d'égarer leur courage ; on sèmera la corruption dans toutes les classes de la société, la délation viendra s'asseoir au foyer domestique, on achètera les écrivains à vendre, on emprisonnera ceux qui ne se laisseront point gagner.

Au lieu de former des établissemens d'utilité générale, d'ouvrir de larges voies de communication, d'établir des caisses publiques où l'ouvrier moral et intelligent trouverait des instrumens de travail, au lieu de consolider et d'étendre le crédit du commerce et de l'industrie, d'aider au développement de l'agriculture et d'améliorer le sort de tous, on organisera au profit du privilége l'exploitation de l'impôt. Les ministres, les ambassadeurs, les maréchaux, les cardinaux, les évêques, les aides de camps, les préfets et sous-préfets, les employés supérieurs des administrations, les journalistes dévoués, les juges, les gens du roi, les mouchards et toute une foule de parasites qui s'attachent au budget, le rongent, le sucent, le déchiquetent, le dévorent, comme les vers un cadavre, jouiront dans l'opulence des fruits du travail de la France appauvrie. Je ne parle pas de grosses listes civiles royales et princières. Si je m'avisais de m'attaquer à certaine cassette, on m'accuserait de violer ce qui est inviolable de par la Charte, et

Dieu me préserve de jamais porter la main sur l'oint du Seigneur.

C'est déjà bien hardi, peut-être, de déclarer la guerre aux hommes de l'étranger, de braver la colère gouvernementale, l'orgueil servile de M. Guizot, le désintéressement proverbial du vieux maréchal, aide de camp de l'empereur à Waterloo, aujourd'hui collègue de l'homme de Gand, le zèle du pieux M. Martin (du Nord), l'esprit fiscal du financier Humann, la morgue académique de M. Villemain, la rudesse apprivoisée de M. Teste, la haine de tous les satrapes ministériels. S'il suffit pour obtenir places, honneurs, décorations, gros appointemens, joie et liesse, de se faire le complaisant serviteur de l'arbitraire, de chercher à rabaisser son pays et d'exalter ses hontes, il est facile de comprendre qu'il y a quelque danger à se déclarer le champion de la dignité nationale et de la bourse des contribuables. Mais la position du pays est grave, et tous les hommes de cœur doivent s'unir pour le sauver.

La sentinelle placée aux avant-postes qui voit l'ennemi se glisser dans l'ombre, doit faire feu et appeler aux armes. Le devoir du soldat est aussi celui du citoyen. C'est donc sur le champ de bataille de la presse et de l'opinion que j'appelle le ministère, et comme d'Assas je m'écrie: A moi France, voilà les ennemis !

Si, sans fournir de preuves, je l'accusais, on pourrait me regarder comme un vain déclamateur, et, certes, je n'aurais pas le droit de me plaindre. Mais je puis, en peu de mots, le convaincre des plus grandes iniquités, de la violation flagrante de la loi. Je n'hésite donc pas à parler, et cela pour deux raisons ; la première, pour le faire connaître et ouvrir les yeux des plus aveugles; la seconde, pour prouver à ceux qui pourraient le redouter encore que les artifices au moyen desquels il s'est soutenu sont épuisés et que sa fortune l'abandonne.

Et voilà, citoyens, pourquoi vous ne devez pas vous laisser abattre. Quelque grands que soient vos maux, il est possible d'y remédier. Il suffit de vouloir, et jusqu'à présent vous n'avez pas voulu. Aussi, comment s'étonner du triste état de vos affaires. L'inaction a commencé votre ruine, l'inaction la consommera, si vous n'y prenez garde. Oui, je vous le dis, ce qui a fait la force de vos ennemis, ce n'est pas leur nombre, vous êtes cent contre un; ce n'est pas leur courage, ils sont lâches; ce n'est pas même leur habileté, ils ont fait dix fois plus de fautes qu'il n'en fallait pour les renverser. Mais ils ont profité de votre paresse, ils ont endormi votre égoïsme, ils ont jeté la division dans vos rangs; ils ont employé toutes les ruses pour vous tromper; et si grossier que fût le piége, vous vous y êtes laissé prendre. Et maintenant ils vous conduisent en laisse, muselés, la chaine au cou, le bâton haut, et vous obéissez. Ils vous demandent en style administratif: la bourse ou la vie, et vous payez.

Et sur les places publiques, dans les promenades, au fond de vos boutiques et de vos ateliers, causant tranquillement, comme si tout allait bien, vous vous demandez encore les uns aux autres : Qu'y a-t-il de nouveau? Et qu'y a-t-il de plus nouveau qu'un despotisme toujours croissant, une trahison chaque jour plus menaçante, la violation la plus impudente de la charte et des lois? Qu'y a-t-il de plus nouveau que votre indifférence pour tout ce qui devrait vous émouvoir, la liberté, l'honneur, la patrie? Qu'y a-t-il de plus nouveau que de vaines lamentations, des plaintes stériles, un bavardage incessant? Toujours des paroles, jamais des actes.

Ah! citoyens, il faut changer de conduite, il faut payer de vos personnes, et vous opposer sérieusement au mal, si vous ne voulez pas vous enfoncer à jamais dans la boue de la honte et de la servitude.

En voyant la contre-révoluion marcher à grands pas et pénétrer dans toutes les branches du pouvoir et de l'administration, on a raison, j'en conviens, de la craindre. Par cela seul que le mal existe, il est difficile de le déraciner. Il en est des maladies qui affectent la société comme de celles qui attaquent l'individu. Il faut du temps, des soins, de la patience, de l'énergie quelquefois pour les guérir; et, si on les néglige, elles finissent par dévorer la vie et emporter le malade. Dans tous les cas, il faut beaucoup de peine pour réprimer le mal qu'il eût été facile d'empêcher. C'est ce que nous éprouvons aujourd'hui. Cependant il ne faut désespérer de rien et si vous êtes déterminés à faire seulement une partie de ce que vous devez et pouvez faire, je me réjouirai au fond de mon ame, car le jour de la liberté sera proche. Mais pourquoi vous le cacher, citoyens? Votre langueur, votre indifférence m'effraient. Il semble que toute véritable énergie soit morte en vous; je ne vois que des élans passagers, et point de ces résolutions inébranlables, de cette fermeté qui domptent les obstacles et savent en triompher. Je ne reconnais pas en vous les enfans de pères sublimes. On dirait la tradition brisée, la race abâtardie : vos pères étaient des hommes libres, êtes-vous encore dignes de porter ce nom? Vos pères n'écoutant que leur bravoure et leur générosité ont maintes fois, alors que la cause de la civilisation était en péril, déclaré la guerre à ses ennemis ; pour elle ils ont prodigué leurs finances et leur sang, exposé leurs armées, compromis leur territoire. Et vous, quand il s'agit de votre propre intérêt, de votre liberté, de votre sûreté personnelle, vous restez froids et calmes. Si vous vous agitez, ce n'est que pour un moment ; vous n'essayez même pas de résister sérieusement à l'injustice et aux tendances rétrogrades. A quoi donc employez vous votre temps? A différer au lieu d'agir, à compter sur tout le monde, excepté sur vous-mêmes, à mâcher les maigres théories d'esprits asthmatiques qui ne se traînent qu'appuyés, en guise de béquilles, sur des points d'exclamation ; à vous haïr les uns les autres, à vous entredéchirer, à vous repaître de chimériques espérances. Votre vie n'est pas une réalité, c'est un rêve. On ne peut mieux vous comparer qu'à ces hommes dont parle l'Ecriture qui ont des yeux et ne voient pas, des oreilles et n'entendent pas, des pieds et ne marchent pas. Il n'y a d'actif en vous que la langue. Vous babillez comme des femmes. Qui dirait à vos longues barbes, à vos moustaches retroussées, à vos airs féroces, à vos discours toujours pleins de projets gigantesques, de mépris superbes, de phrases sonores comme tout ce qui est vide, que vous n'êtes bons qu'à filer des quenouilles et à tenir des fuseaux? Allons, allons, soyez donc des hommes! Que les amis de la liberté, de la justice et de la France se réveillent. Les temps sont venus. Désormais l'inaction serait plus qu'une sottise et une lâcheté, ce serait un crime. Debout donc, et à l'œuvre.

Que les difficultés ne vous arrêtent pas. Jamais les circonstances ne furent plus favorables. L'intérêt matériel lésé dans un grand nombre d'individus viendra en aide à l'intérêt moral méconnu. Ceux que l'injustice n'a pas émus quand elle frappait leurs droits, se sentent froissés par elle aujourd'hui qu'elle frappe leurs bourses. C'est pénible à penser, honteux à écrire, mais c'est un fait impossible à se dissimuler. Toutefois, ce motif de résistance à l'arbitraire ministériel, à ses éxigences exagérées, si secondaire qu'il dût être, n'en est pas moins légitime. Il y a plus, il est parfaitement légal et ce caractère de légalité lui donne une force immense. *La légalité nous tue*, s'écriait avec douleur à la chambre un député du privilége, et il disait vrai. La colère, la haine, la vengeance ne peuvent rien produire de bon. C'est la raison et le droit, appuyés sur la morale et l'assentiment public, qui finissent tôt ou tard par l'emporter sur la force brutale.

Aussi, c'est la loi à la main que nous venons demander au pouvoir responsable compte de ses actes, et appeler sur sa conduite le sévère et impartial jugement de la nation.

Depuis deux mois, le pays est en proie à une agitation extraordinaire provoquée par les mesures fiscales du ministère. Ces mesures sont illégales au fond et dans la forme; elles blessent l'intérêt de tous les contribuables, elles blessent leurs droits, elles portent atteinte aux principes sur lesquels reposent nos institutions. Il est donc urgent de mettre les citoyens les plus inexpérimentés à même de connaître leurs droits afin qu'ils puissent les défendre contre l'usurpation des agens du pouvoir.

II.

Nous avons, en commençant, posé le principe que l'impôt doit être consenti par ceux qui le paient ou par leurs mandataires. Si nous tirons de ce principe ses conséquences logiques, nous arrivons à cette conclusion que nul ne peut être obligé à payer l'impôt qui ne l'a pas consenti, sauf toutefois la soumission de la minorité à la majorité. Mais la soumission de la minorité à la majorité suppose une discussion établie entre elles et une participation à l'exercice d'un droit commun. Tout devoir, dans la société, correspond à un droit, et celui qui n'a pas de droits n'a pas non plus de devoirs. Cette logique toute naturelle conduirait directement au refus de l'impôt comme droit de tous ceux que le privilége a chassés de ce que M. Guizot qualifie *pays légal*. Mais la logique n'occupe pas bea coup de place dans la pratique des affaires de ce monde. Faisant donc toutes réserves à cet égard, prennons les choses telles qu'elles sont; et à défaut d'une loi fondée sur l'égalité réelle des citoyens, admettons la fiction comme une réalité, et la loi actuelle comme parfaitement légitime et obligatoire pour le pouvoir et pour les citoyens.

Conformément au principe de la matière, la Charte déclare qu'aucun impôt ne peut être établi ni perçu, s'il n'a été consenti par les deux chambres, et d'abord par la chambre des députés. C'est, qu'en effet, la chambre des députés représente le pays, à un certain degré du moins, et qu'au pays seul appartient le droit de s'imposer.

Pour établir l'assiette de l'impôt direct, la loi, procédant toujours dans le même esprit, a indiqué certaines mesures, déterminé certaines conditions. A cet effet, elle ordonne de faire dans chaque commune un état indicatif des diverses propriétés renfermées dans chaque section du territoire, et des propriétaires; de dresser un tableau qui fasse connaître les noms, demeures et professions des habitans de la commune, énonçant ceux réputés indigens, de fixer le montant des loyers d'habitation et le nombre des portes et fenêtres sujettes à l'impôt. Ces renseignemens constatent deux choses: 1° le chiffre des habitans; 2° la valeur approximative de la matière imposable, et ils servent à établir l'assiette de l'impôt général, tant sur les personnes que sur les choses.

L'ensemble de ces diverses opérations s'obtient par le recensement, à l'aide duquel on forme les matrices de rôle. Le recensement est la base du vote des chambres, qui fixent le chiffre de l'impôt, d'après les tableaux qui leur sont présentés par le ministre des finances. La répartition est faite par une loi entre les départemens; entre les arrondissemens du même département par le conseil général; entre les communes du même arrondissement par le conseil d'arrondissement, entre les individus de la même commune d'après les matrices de rôles. Le recensement sert donc à fixer l'impôt de quotité, c'est-à-dire la somme qui doit être payée par chaque contribuable. Ainsi, sous le double rapport de la fixation de l'impôt de répartition et de l'impôt de quotité, le recensement est l'opération principale.

Pour en saisir toute l'importance, voyons ses résultats quant à la population et quant à la matière imposable.

Du recensement des personnes dépendent :

1° La contribution personnelle;

2° La répartition du contingent d'hommes à fournir pour le recrutement;

3° La formation des contrôles de la garde nationale;

4° L'octroi, subordonné au chiffre de la population;

5° Le droit fixe de patente réglé par le tarif qui varie selon le nombre des habitans de chaque commune et la nature de la profession.

Du recensement des choses dépendent :

1° La fixation de l'impôt foncier;

2° La fixation de l'impôt mobilier;

3° La fixation de l'impôt des portes et fenêtres;

4° Le droit proportionnel de patente, qui se règle d'après le loyer;

5o Le chiffre des centimes additionnels proportionnés au principal des contributions.

L'objet et les effets des opérations du recensement déterminés, il reste à savoir à qui ces opérations sont confiées par la loi ; ce que nous avons déjà indiqué quant à la répartition.

La révolution a créé la législation financière qui nous régit. Les premières dispositions que nous trouvons dans nos lois nouvelles sur l'assiette et la répartition de l'impôt sont dans les décrets de l'assemblée Constituante du 1er décembre 1790 pour la contribution foncière, et du 13 janvier 1791 pour la contribution personnelle et mobilière.

LOI DU 1er DÉCEMBRE 1790.

Titre 2. — Art. 1er. Aussitôt que les municipalités auront reçu le présent décret, elles formeront un tableau indicatif du nom des différentes divisions de leur territoire, s'il en existait déjà, ou de celles qu'elles détermineront s'il n'en existe pas ; et ces divisions s'appelleront *sections* soit dans les villes, soit dans les campagnes.

Art. 2. Le conseil municipal choisira parmi ses membres des commissaires qui seront assistés d'un nombre au moins égal d'autres commissaires nommés par le conseil-général de la commune, dans une assemblée qui sera indiquée au moins huit jours à l'avance, et à laquelle les propriétaires domiciliés ou forains pourront assister et être élus, pourvu néanmoins qu'ils soient citoyens actifs.

Art. 3. Ces commissaires se transporteront sur les différentes sections et y formeront *un état indicatif des différentes propriétés* qui sont renfermées dans chacune; ils y joindront le nom de leurs propriétaires en y comprenant les biens appartenant aux communautés elles-mêmes.

Les états, ainsi formés, seront déposés au secrétariat de la municipalité, pour que tous les contribuables puissent en prendre connaissance.

Viennent ensuite les dispositions sur les évaluations des propriétés et sur la répartition de l'impôt.

Art. 20. D'après ces évaluations, les officiers municipaux procéderont, aussitôt que le mandement du directoire leur sera parvenu, à la confection de la matrice du rôle conformément aux instructions du directoire du département, qui seront jointes au mandement, et seront tenus de faire parvenir cette matrice de rôle arrêtée et signée par eux, au directoire de district, dans le délai de quinze jours.

La forme des rôles, de leur envoi, de leur dépôt et la manière dont ils sont rendus exécutoires sont réglées par l'instruction de l'assemblée nationale.

Voici maintenant la part de l'administration :

Art. 21. Les administrateurs de département et de district surveilleront et presseront avec la plus grande activité toutes les opérations ci-dessus prescrites.

LOI DU 13 JANVIER 1791.

Titre 3. — Art. 32. Aussitôt que les municipalités auront reçu le présent décret, elles formeront un état de tous les habitans domiciliés dans leur territoire : elles le feront publier et le déposeront au greffe de la municipalité, où chacun pourra en prendre connaissance.

Puis viennent les dispositions concernant la répartition.

Ainsi le recensement des populations et des propriétés, la rédaction des matrices de rôles, la répartition des impôts entre les habitans des communes, tout appartient aux municipalités.

L'assemblée Constituante, qui venait de proclamer le principe de la souveraineté du peuple, avait cru devoir faire intervenir les citoyens dans l'administration des affaires publiques. Elle pensait en outre, et fort sagement, qu'on ne pouvait sans injustice et sans péril soustraire les contribuables à l'action tutélaire de l'autorité municipale, qui est leur sauvegarde, en même temps que sa participation est la plus forte garantie de l'établissement et du recouvrement facile de l'impôt. N'est-il pas évident d'ailleurs que par la connaissance exacte des localités et de leurs ressources, en même temps que par les doubles devoirs qu'elles ont à remplir envers les contribuables et le gouvernement, les municipalités sont seules aptes à déterminer équitablement les bases de l'impôt?

Toutefois, on s'aperçut bientôt qu'il y avait des inconvéniens à confier exclusivement aux municipalités la formation ou rectification des matrices de rôles et états de changemens ainsi que tous les travaux de préparation ou d'expédition concernant l'assiette et la perception de l'impôt. La loi du 22 brumaire an VI créa donc une agence de contributions directes et chargea les commissaires près les administrations municipales (aujourd'hui contrôleurs) d'*aider* les communes dans ce travail. — Mais cette loi ne dépouille les municipalités d'aucunes de leurs attributions. Voici, en effet, ce qu'on lit dans l'instruction jointe à la loi et dans laquelle le corps législatif s'exprime ainsi :

Dans toutes les branches de l'administration publique, il faut distinguer deux parties ; *la décision* et le *travail d'expédition* qui la précède ou la suit.

Une répartition égale et un mode de perception doux et facile étant du plus grand intérêt pour les peuples, la constitution a confié ces objets à des administrations de leur choix ; mais le but de la constitution est rempli, l'intérêt des peuples est ménagé, lorsque ce qui est décision est fait directement et immédiatement par les corps administratifs.

Pour le travail d'expédition, au contraire, les citoyens n'ont d'autre intérêt que celui de le voir fait avec ordre et célérité. C'est ce simple travail que le nouvel établissement va confier aux commissaires du directoire exécutif près les administrations et aux inspecteurs qui seront nommés, *non seulement en laissant religieusement aux corps administratifs toutes leurs attributions*, mais même en leur permettant, lorsqu'ils seront débarrassés de détails *purement mécaniques*, d'exercer ces attributions dans toute leur plénitude, et surtout d'être, selon le vœu de la constitution, *les surveillans et les conservateurs des administrés.*

C'est donc comme auxiliaires et pour les aider dans leurs opérations que les contrôleurs devaient assister les officiers municipaux. La loi du 4 frimaire an VII qui a établi la contribution des portes et fenêtres, ôte tout prétexte de poser un doute à cet égard. Voici ses termes :

Art. 6. Les municipalités seront tenues, dans les dix jours de la réception de la présente loi, de faire ou faire faire par des commissaires l'état des portes et fenêtres sujettes à l'impôt.

Art. 11. Après la clôture du rôle, l'agent particulier des contributions directes transmettra à l'agent général le résultat des sommes portées dans chaque rôle. Celui-ci les réunira pour en faire connaître le montant au ministre des finances, pour qu'il en rende compte au directoire, qui informera le corps législatif.

En l'an VII, le gouvernement et les conseils s'occupèrent sérieusement de l'organisation des finances. Il est question dans les lois des 3 frimaire et 3 nivôse de cette année du renouvellement des matrices de rôles pour l'assiette de l'impôt foncier, mobilier et personnel. Elles prescrivent les mêmes formalités que les lois de 1790 et 1791 ; elles confient aux municipalités le soin de *changer, reviser* et *renouveler* les matrices de rôles permanentes.

L'art. 5 de la loi du 4 frimaire an VIII, qui ordonne une nouvelle organisation de l'agence des contributions, détermine, ainsi qu'il suit, ses attributions : « La direction des contributions directes sera chargée UNIQUEMENT de la rédaction des matrices de rôles d'après le travail *préliminaire* et *nécessaire* des répartiteurs, de l'expédition des rôles et de la vérification des réclamations faites par les contribuables, lesquelles ne *pourront être jugées que par les corps administratifs*, conformément aux lois. »

Puis vient la disposition suivante sous le titre :

Fonctions des contrôleurs :

« La matrice de rôles est la base de toute répartition individuelle. Cette importante opération est faite par les répartiteurs choisis par les contribuables mêmes. *La rédaction matérielle* de cette matrice, les calculs, les états-tableaux qu'elle exige seront rédigés par le contrôleur. »

Il rédigera cette matrice d'après les *indications* qui lui *seront données par les répartiteurs*.

L'instruction ministérielle du 29 prairial an IX n'est pas moins explicite :

« Les contrôleurs des contributions sont chargés du *travail matériel* des matrices du rôle, *sous la dictée des répartiteurs.* »

L'art. 39 de la loi du 15 septembre 1807, invoqué en opposition des lois précitées, ne fait que les confirmer. Il est ainsi conçu :

« Les directeurs des contributions directes sont spécialement chargés de la tenue des livres de mutation des propriétés et des industries.

» Ils *continueront* de faire faire chaque année les recensemens et autres opérations relatives aux rôles des propriétés bâties et à ceux de la contribution personnelle et mobilière et des portes et fenêtres. »

Tels sont l'esprit et la lettre de la législation révolutionnaire. La loi du 21 avril 1832, qui a remanié notre constitution financière, ne s'en est pas écartée. Voici ses dispositions à cet égard :

Art. 17. Les commissaires répartiteurs, *assistés* du contrôleur, *rédigeront* la matrice du rôle de la contribution personnelle et mobilière. Ils porteront sur cette matrice tous les habitans jouissant de leurs droits et non réputés indigens, et détermineront les loyers qui doivent servir à la répartition individuelle.

Il sera formé annuellement un état des mutations survenues pour cause de décès, de changemens de résidence, de diminution ou d'augmentation de loyers.

Art. 27. Les commissaires répartiteurs, *assistés* des contrôleurs, rédigeront la matrice des contributions des portes et fenêtres d'après les bases fixées par les lois de frimaire an VII et germinal an XI, sauf les modifications suivantes...

L'art. 31 ajoute : « Il sera soumis aux chambres, dans la session de 1841, et ensuite de cinq ans en cinq ans, un nouveau projet de répartition entre les départemens, tant de la contribution personnelle et mobilière que de la contribution des portes et fenêtres.

» A cet effet, les agens des contributions directes compléteront et tiendront au courant les renseignemens destinés à faire connaître le nombre des individus passibles de la contribution personnelle et mobilière, le montant des loyers d'habitation et le nombre de portes et fenêtres imposables. »

L'art. 2 de la loi du 14 juillet 1838 a abrogé ce dernier article, quant aux époques déterminées pour présenter le projet de répartition, qu'il fixe pour la session de 1842.

Il est conçu en ces termes :

L'article de la loi du 21 avril 1832 est abrogé. Il sera soumis aux chambres, dans leur session de 1842, et ensuite de *dix en dix années*, un nouveau projet de répartition entre les départemens, tant de la contribution personnelle et mobiliaire que de la contribution des portes et fenêtres.

A cet effet, les agens des contributions directes *continueront* de tenir au courant les renseignemens destinés à faire connaître le nombre des individus passibles de la contribution personnelle et mobilière, le montant des loyers d'habitation et le nombre des portes et fenêtres imposables.

La loi de 1838 a donc le même but que la loi de 1832. Il s'agit de la même opération, et les termes essentiels se trouvent les mêmes dans les deux rédactions.

Pour ôter toute espèce de doute sur l'esprit de la loi de 1832, lisez l'ordonnance du 18 décembre de la même année, relative à la mise à exécution de cette loi :

Louis-Philippe, roi des Français,

Vu l'artice 31 de la loi du 21 avril 1832;

Vu l'article 29 de la loi du 23 juillet 1820, portant que, pour la contribution personnelle et mobilière, le contingent des départemens, des arrondissemens et des communes, sera désormais fixé d'après leurs valeurs locatives d'habitation; voulant que le montant de ces valeurs locatives d'habitation soit évalué dans chaque localité contradictoirement et avec le concours des parties intéressées:

Sur le rapport de notre ministre secrétaire d'état des finances, nous avons ordonné et ordonnons ce qui suit :

Art. 1er. Les matrices des valeurs locatives d'habitation, établies en exécution de la loi du 26 mars 1831, *seront revisées dans chaque commune, complétées et rectifiées*, s'il y a lieu, *par le maire et par deux commissaires nommés par le conseil municipal,* avec *l'assistance* d'un contrôleur des contributions directes.

Le maire et les deux commissaires nommés par le conseil municipal, toujours assistés du contrôle des contributions directes, se livreront à la formation des matrices dont il s'agit, dans les communes où la loi du 26 mars 1831 n'aurait pas encore été, sous ce rapport, convenablement exécutée.

A défaut par les commissaires de procéder aux opérations aux époques qui auront été fixées par les agens des contributions directes, les commissaires seront remplacés par un expert classificateur nommé par le préfet, et dont le salaire, réglé par ce magistrat, sera supporté par la commune.

Or, par qui a été contresignée l'ordonnance de 1832? Par M. Humann lui-même.

Et l'on veut, après cela, que l'on croie à sa bonne foi, à sa justice, à sa loyauté! On croira avec beaucoup plus de raison à la vérité de la remarque qu'a faite un célèbre économiste.

« C'est une chose toute naturelle, a dit quelque part J.-B. Say, que chaque homme prenne l'esprit de son état. La position des agens du fisc, depuis le ministre des finances jusqu'à l'employé, les rend perpétuellement hostiles envers les citoyens ; tous considèrent le contribuable comme un adversaire et les conquêtes que l'on peut faire sur lui comme légitimes. Il arrive même que les employés trouvent à vexer le contribuable une certaine satisfaction d'amour-propre, un plaisir analogue à celui que ressentent les chasseurs lorsqu'ils réussissent par force ou par ruse à se rendre maîtres du gibier. »

Dites encore que le mot de Lafontaine n'est pas vrai :

Notre ennemi, c'est notre maître,
Je vous le dis en bon français.

Ainsi la législation tout entière est unanime pour donner aux corps municipaux ou à des commissaires répartiteurs choisis parmi eux la mission de procéder aux opérations du recensement et de la répartition, et d'établir les matrices de rôles soit permanentes, soit annuelles. Les agens de l'administration n'interviennent que pour les assister et les aider dans ces opérations. Leur fonction, tout-à-fait secondaire, consiste dans la surveillance et le contrôle qu'ils sont appelés à exercer.

Au mépris des dispositions formelles de la loi et contrairement aux formes suivies jusqu'à ce jour, le ministre des finances ordonne aux agens des contributions directes de faire le recensement fixé par la loi de 1838, en dehors de l'autorité municipale ; à peine admet-on celle-ci à faire acte de présence.

« Vous voudrez bien, M. le préfet, dit M. Humann dans sa circulaire en date du 25 février 1841, *inviter les maires à assister* ces agens dans l'opération du recensement, en leur rappelant que s'ils refusaient ou négligeaient de le faire, il y serait pourvu d'office par un délégué spécial, conformément à l'art. 15 de la loi sur l'administration municipale.

» Les résultats du recensement seront communiqués aux répartiteurs pour l'évaluation des constructions nouvelles et l'imposition des nouveaux habitans que le parcours du territoire fera découvrir.

» En ce qui concerne les patentes, les contrôleurs des contributions directes, conformément à l'arrêté des consuls du 15 fructidor an VIII, formeront les tableaux des patentables et établiront la nature de leur commerce, industrie ou profession, ainsi que la valeur locative qui devra servir de base au droit proportionnel. Les tableaux seront arrêtés par les maires, qui pourront y joindre leurs observations et en conserver un double. »

Ainsi les municipalités sont dépouillées de l'initiative légale qui leur appartient ; elles doivent seulement *assister* les agens du fisc. Et ceux-ci, faisant toutes les opérations du recensement, entreront dans nos maisons pour inventorier nos meubles, s'enquérir de nos affaires, inspecter, taxer, évaluer, contrôler.

L'exposition que nous avons faite des lois sur la matière suffirait pour démontrer la flagrante illégalité de ces mesures. Les réflexions très judicieuses que M. Auguste Portalis, député et conseiller à la cour royale de Paris, a adressées, sous forme de lettre, au *Courrier de la Côte-d'Or*, sont de nature à jeter sur cette question une nouvelle lumière.

La loi des finances de 1832, art. 31, dit-il, a prescrit un recensement général qui devait comprendre les propriétés bâties, les portes et fenêtres, les individus passibles de la taxe personnelle, les patentables et les valeurs locatives.

Le ministre des finances était chargé de l'exécution de cette mesure ; mais il ne lui était pas loisible de changer les moyens d'exécution consacrés par les lois, les mœurs et habitudes, et par les précédens, et surtout d'en choisir et indiquer de contraires au bon sens, aux lois et à la morale publique.

Il faut observer d'abord que ce recensement général n'a aucun point de ressemblance avec les recensemens annuels, qui ne sont que des éditions plus ou moins rectifiées de l'opération primitive, et que le recensement général est précisément destiné à servir de nouvelle base à la répartition de l'impôt.

Cela posé, qu'a fait M. Humann à l'occasion du recensement général ? Il a donné les instructions officielles dans une circulaire du 25 février dernier. Après avoir dit *que les recettes ne sont plus au niveau des dépenses ordinaires, et qu'il est urgent de prendre des mesures pour obtenir des impôts existans tout ce qu'on doit en attendre*, il a enjoint aux agens des contributions directes de procéder au recensement.

Et qu'on me permette, en simple parenthèse, de comparer le style ministériel avec le texte suave des proclamations de certains préfets et fonctionnaires, lesquels déclarent qu'on ne veut qu'alléger les charges publiques en les *équilibrant*, et de demander : *Qui trompe-t-on ici ?*

Le ministre joint aux véhémentes injonctions qu'il adresse à ses subordonnés, des objurgations non moins véhémentes à tous les fonctionnaires dont il réclame le concours.

» La pensée du ministre n'est point équivoque ;

mais, s'il y avait quelque incertitude sur la nature des moyens qu'on entend employer, le directeur des contributions directes, M. Legrand, se charge de faire connaître en détail le nouveau système financier.

Le 26 février dernier, lendemain de la circulaire ministérielle, le directeur des contributions directes adresse à ses employés une lettre dans laquelle on lit : « L'état de nos finances exige que l'on demande » aux impôts existans tout ce qu'ils peuvent produi» re... Les contrôleurs ne peuvent suffire seuls pour » les opérations du recensement ; ils seront aidés » par les *percepteurs*... A leur arrivée dans les » communes, les contrôleurs se présenteront chez le » maire pour *requérir* son assistance... Si les contrô» leurs manquaient à présenter les faits dans *toute* » leur vérité, ils s'exposeraient à la *sévérité de l'ad-* » *ministration*... *Les percepteurs surnuméraires* sont » mis à la disposition du directeur, et ils concour» ront, comme les contrôleurs *surnuméraires* et les » *aspirans*, *au recensement* ; le directeur pourra ainsi » adjoindre un aide à chaque contrôleur... Le par» cours du territoire fera découvrir tous les nouveaux » bâtimens qui doivent être cotisés en *accroissement* » du principal des contributions foncières et des portes » et fenêtres... En se rendant de maison en maison, » les contrôleurs recueilleront des renseignemens sur » tous les individus passibles de la taxe personnelle, » et sur leurs loyers d'habitation, etc... »

Voilà tout le système d'exécution ; c'est ainsi que l'administration entend procéder au recensement général : et c'est cet ensemble de mesures que je taxe d'odieuse illégalité.

... Si l'on avait demandé aux maires, conseils munipaux, aux notables qu'on aurait appelés du titre de *répartiteurs* ou *recenseurs*, une déclaration première au nom de tous les membres de la commune, et une appréciation tirée de la connaissance qu'ils peuvent avoir des hommes et des choses de la communauté, et si ensuite on avait appelé les contrôleurs à censurer et critiquer, on aurait obéi aux principes qui ont présidé à toutes les lois sur la matière. Mais peut-on concevoir que ce soit aux contrôleurs qu'on demande de faire précisément les déclarations qu'ils doivent contrôler ? Conçoit-on qu'on appelle les maires à assister sans pouvoir, sans mandat, sans que leur parole puisse être consignée ? N'est-ce pas là se jouer des principes, se moquer des autorités municipales, intervertir tous les rôles et jeter la confusion dans tout ce qui a été élémentaire jusqu'à ce jour ?

Mais, enfin, est-ce M. Humann qui exécute la loi, ou la loi elle-même qui est coupable de cette étrange confusion ?

Evidemment ce n'est pas la loi : elle ne dit nulle part que le recensement général aura lieu par les agens du fisc ; elle n'est pas coupable de cette énormité. Puisqu'elle ne dit pas cela, elle ne répudie pas les premiers principes du droit ; elle ne déroge pas aux élémens de la matière.

C'est ce qu'a compris le conseil municipal de Paris, qui a parfaitement établi le droit des contribuables dans deux délibérations, l'une relative à l'impôt mobilier et des portes et fenêtres, l'autre relative à l'impôt des patentes. Nous transcrivons ces deux documens remarquables sous plus d'un rapport.

PREMIÈRE DÉLIBÉRATION DU CONSEIL MUNICIPAL DE PARIS SUR LE RECENCEMENT, EN DATE DU 14 JUILLET 1841.

Sur l'art. 3 du chapitre 3 relatif à la portion de la contribution personnelle et mobilière à prélever sur les produits de l'octroi,

Le conseil,

Vu le projet du budget de la ville Paris pour 1842, par lequel M. le préfet propose de fixer à 3,051,630 f. 98 c. le crédit destiné à couvrir la portion de la contribution mobilière qui doit être acquittée par l'octroi municipal ;

Vu les art. 17, 18 et 20 de la loi du 21 avril 1832, d'où il résulte :

1° Que les commissaires répartiteurs, assistés du contrôleur des contributions directes, rédigent la matrice du rôle de la contribution personnelle et mobilière ; qu'ils portent sur cette matrice tous les habitans jouissant de leurs droits et non réputés indigens, et qu'ils évaluent les loyers d'habitation servant de base à la répartition individuelle ;

2° Que lors de la formation de la matrice, le travail des répartiteurs est soumis au conseil municipal, qui désigne les habitans qu'il croit devoir exempter de toute cotisation, et ceux qu'il trouve convenable de n'assujétir qu'à la taxe personnelle,

3° Que dans les villes ayant un octroi, le contingent personnel et mobilier peut être payé en totalité ou en partie par la caisse municipale sur la demande qui en est faite par les conseillers municipaux, qui déterminent la portion du contingent à prélever sur les produits de l'octroi ;

Considérant que la somme à verser par la caisse municipale, en déduction du contingent qui sera assigné à la ville de Paris dans la contribution personnelle et mobilière pour 1842, ne pourra être fixée d'une manière définitive que lorsque les travaux qui doivent être exécutés pour rassembler les élémens de la matière imposable seront terminés et que les résultats pourront en être appréciés ;

Qu'en conséquence, il est indispensable que, conformément à l'art. 18 de la loi du 21 avril 1832, le conseil soit mis à portée de statuer sur les opérations dont les commissaires répartiteurs sont chargés par l'art. 17 de cette loi pour indiquer les individus passibles de la taxe personnelle et déterminer la valeur des loyers d'habitation à imposer à la contribution mobilière,

Délibère :

Art. 1er Le crédit à allouer au budget de 1844, pour

la somme payable par l'octroi en acquittement de la contributien personnelle et mobilière, est porté provisoirement à 3,051,630 fr. 90 c.

Ce crédit ne recevra d'emploi que lorsque le montant en aura pu être fixé de nouveau par le conseil, d'après les documens qui doivent lui être soumis pour en régler le montant en même temps que les bases de la répartition de la portion de cette contribution à recouvrer par le rôle.

Art. 2. Le préfet est invité à prendre les mesures nécessaires pour qu'il soit procédé par les commissaires répartiteurs à toutes les opérations qui doivent servir à désigner les individus passibles de la taxe personnelle, ainsi qu'à l'évaluation des loyers d'habitation imposables à la contribution mobilière, de manière qu'il ne puisse entrer à cet égard dans les matrices des rôles que les élémens qu'ils auront préalablement reconnus susceptibles d'y être compris.

2e DÉLIBÉRATION DU CONSEIL MUNICIPAL DE PARIS SUR LE RECENSEMENT, EN DATE DU 16 JUILLET.

Présens : MM. Arago, Aubé, Boulay (de la Meurthe), Cochin, Boutron, Ferron, Galis, Ganneron, Gatteau, Gillet, Grillon, Husson, Jouet, Journet, Lahure, Lambert de Sainte-Croix, Lanquetin, Lavocat, Legros, Micheau, Moreau, Orfila, Périer, Perret, Preschez, Sayet, Ternaux.

Sur l'article 4 du chapitre 1er des recettes du budget de la ville de Paris pour 1842, concernant les attributions communales sur les patentes,

Le conseil,

Vu 1° la loi du 1er brumaire an VII, sur les patentes;

2° Les art. 1, 2, 3, 4 de l'arrêté des consuls du 15 fructidor an VIII;

3° L'instruction du ministre des finances aux préfets, du 15 vendémiaire an IX, sur le mode d'exécution de l'arrêté du 15 fructidor ci-dessus visé, dans laquelle on remarque les passages suivans :

« En arrivant dans une commune, le contrôleur se » rendra auprès du maire et de l'adjoint, et leur de- » mandera de lui faire connaître les noms, les de- » meures et les professions des habitans de la com- » mune qui seront dans le cas de prendre une pa- » tente.

» Le contrôleur, d'après les renseignemens qui lui » seront donnés par le maire et l'adjoint, et ceux » qu'il pourra se procurer tant auprès du receveur » de l'enregistrement que de toute autre manière, » rédigera le tableau des citoyens assujétis à la pa- » tente. Il le présentera au maire, qui l'arrêtera » après avoir contresigné ses observations sur les ar- » ticles qui lui en paraîtraient susceptibles.

» Aussitôt que le contrôleur aura terminé ce ta- » bleau ou matrice du rôle, il l'enverra au sous-pré- » fet, qui, dans le délai de dix jours, devra vous le » faire passer en ajoutant pareillement ses observa- » tions dans la colonne à ce destinée.

» Le directeur devra donc avoir un état de la po- » pulation de toutes les communes du département ; » et, dans le cas où la population indiquée par cet » état pour une commune, ne cadrerait pas avec » celle portée par le contrôleur sur la matrice, ou » déclarée par le maire ou le sous-préfet, *il prendra* » *votre décision.*

» Sur la profession ou le commerce, il s'en rappor- » tera à la matrice rédigée par le contrôleur. Si le » maire ou le sous-préfet n'était pas d'accord à cet » égard avec le contrôleur, il vous en réfèrera et *se* » *conformera à votre décision.* »

4° Et enfin la circulaire du 25 février dernier, par laquelle M. le ministre des finances a donné connaissances aux préfets des mesures prescrites pour le recensement général auquel il doit procéder en 1841, et où l'on remarque le passage suivant :

« En ce qui concerne les patentes, les contrôleurs » des contributions directes, conformément à l'arrêté » des consuls du 15 fructidor an VIII, formeront les » tableaux des patentables, et établiront la nature de

» leur commerce, industrie ou profession, ainsi que » la valeur locative qui devra servir de base aux droits » proportionnels; les tableaux seront arrêtés par les » maires, qui pourront y joindre leurs observations » et en conserver un double.

» Les contrôleurs les enverront sans délai aux sous- » préfets, qui, dans les dix jours suivans, vous les fe- » ront passer.

» Vous remettrez le tout au directeur des contri- » butions directes, afin qu'il ait à fixer, d'après les » lois, le montant de chaque patente.

» Si, contre mon attente, et par des considérations » étrangères à l'application des lois sur la matière, » vous étiez d'avis de ne pas adopter la matrice dres- » sée par le contrôleur, vous m'en informeriez en » me faisant connaître vos motifs, et je statuerais. »

Vu l'article 40 de la loi du 2 ventôse an XIII,

Considérant qu'aux termes des articles 9, 10, 11, 12 et 13 de la loi du 1er brumaire an VII, le droit d'établir les tableaux de recensement des patentes a été attribué exclusivement aux autorités communales, municipales et départementales qui existaient à cette époque; que, si par l'effet des changemens survenus depuis dans l'organisation de l'administration générale, les contrôleurs des contributions directes ont été appelés à dresser ces tableaux à partir du 1er vendémiaire an IX, l'arrêté des consuls du 15 fructidor an VIII, en les chargeant de ce travail, a néanmoins maintenu les principes qui avaient été établis à cet égard par la loi du 1er brumaire an VII; qu'ainsi, les tableaux du recensement ont dû continuer d'être arrêtés par les maires, qui ont conservé, comme les sous-préfets, le droit d'y joindre leurs observations, et que le droit de vérifier les rôles a été également réservé aux préfets;

Considérant que l'instruction émanée du ministre des finances, à la date du 15 vendémiaire an IX, pour l'exécution de l'arrêté du 15 fructidor an VIII, a eu pour objet d'interpréter et d'expliquer d'une manière plus précise les dispositions de cet arrêté, et notamment celles relatives au mode de fixation définitive de chaque taxe de patente ;

» Qu'ainsi le droit implicitement attribué aux préfets, de statuer sur les observations des maires et des sous-préfets, en cas de dissidence avec les contrôleurs, et comme conséquence naturelle de celui de vérifier les rôles, a été rendu plus clair, plus explicite et plus positif par cette circulaire;

Considérant que, par la combinaison des dispositions de l'arrêté du 15 fructidor an VIII, et de l'instruction ministérielle du 15 vendémiaire an IX, qui en est devenue, pour ainsi dire, partie intégrante, et qui a été confirmée par une autre instruction générale sur les patentes du 30 fructidor an IX, il s'est formé une jurisprudence constante sur le mode d'établissement des droits de patente ; que cette jurisprudence, entièrement conforme à l'esprit de la loi du 1er brumaire an VII, a été appliquée sans contestation depuis quarante ans ; qu'elle a été consacrée par les articles 17 et 19 des projets de loi présentés à la chambre des députés, les 3 février et 16 décembre 1834, par M. Humann, alors ministre des finances ; qu'en effet l'article 19 de ce dernier projet est ainsi conçu :

« Les agens des contributions directes continueront de procéder annuellement au recensement des imposables et à la formation de la matrice des patentes. Cette matrice sera communiquée au maire pour y consigner ses observations, s'il y a lieu. En cas de dissidence entre le maire et le contrôleur, comme en cas d'irrégularité reconnue par le directeur des contributions directes dans le classement des patentes, ou dans l'évaluation de leurs loyers, *le préfet statuera* définitivement ; »

Que cette disposition, qui n'a pas, à défaut de discussion de ces projets de loi par la chambre, reçu la sanction législative, a été adoptée par les commissions chargées de les examiner suivant leurs rapports des 9 avril 1834 et 6 avril 1835;

Considérant que de toutes ces circonstances résulte un principe administratif qui ne peut être modifié aujourd'hui que par une loi nouvelle ;

Considérant que la circulaire de M. le ministre des finances du 25 février dernier s'écarte de ces dispositions ; qu'en n'indiquant pas comment il serait statué sur les observations qui pourraient être faites par l'autorité municipale, cette circulaire enlèverait, par le fait, aux préfets, le droit essentiel qu'ils tiennent, ainsi qu'on vient de le voir, et de l'esprit de l'arrêté du 15 fructidor an VIII, et de l'interprétation nette et précise que le gouvernement s'est empressé de donner à cet arreté, dès avant sa mise à exécution, par l'instruction du 15 vendémiaire an IX, qui en est le complément ;

Que cette conséquence résulte même clairement de la circulaire du 25 février, puisqu'elle retire aux préfets le droit de vérifier et de statuer définitivement sur les applications particulières pour ne leur laisser que la faculté de faire des observations étrangères à l'exacte application des lois sur la matière ;

Considérant que si l'on reconnaît aux maires le droit de présenter des observations sur les tableaux de recensement comme l'avaient également les sous-préfets d'après l'arrêté du 15 fructidor, il devient indispensable qu'il puisse être statué sur ces observations par une autorité qui ait les moyens d'en apprécier les motifs et d'en juger le fondement, sans quoi elles seraient superflues et laisseraient aux contrôleurs un droit d'initiative absolu et définitif pour la composition des rôles ;

Considérant qu'un système qui doit attribuer à ces agens un pouvoir aussi étendu est insolite et contraire à tous les principes établis ; qu'il a surtout l'inconvénient grave de soustraire les contribuables à l'action tutélaire de l'autorité municipale, qui est leur sauve garde, comme sa participation est la plus forte garantie du recouvrement facile de l'impôt ;

Considérant que le rôle des patentes s'élevant à près de neuf millions à Paris, et l'impôt dont il s'agit étant de quotité, c'est-à-dire sans limite fixe, il serait

INTOLÉRABLE que l'assiette d'une contribution si importante fût confiée aux agens du fisc; et que c'est cependant ce qui arriverait si le mode tracé par la circulaire du 25 février devait prévaloir; qu'il est, au contraire, du plus haut intérêt, sous tous les rapports, que l'impôt dont il s'agit soit établi avec le concours de l'administration municipale et sous l'autorité de l'administration départementale, qui, par ses connaissances locales et les doubles devoirs qu'elle a à remplir envers les contribuables et envers le gouvernement, peut seule être à même de déterminer les bases de cet impôt avec l'esprit de justice et les autres conditions qu'il exige;

Considérant que la rigueur dont la circulaire du 25 février est empreinte et le système ANTI-MUNICIPAL qu'elle tendrait à consacrer sont loin de réaliser les améliorations généralement réclamées dans la législation sur les patentes;

Considérant, d'un autre côté, que les centimes dont le prélèvement est autorisé par la loi du 2 ventôse an XIII, sont destinés, non seulement à couvrir les dégrèvemens et non valeurs, mais encore à procurer aux communes un fonds d'attributions qui puisse leur tenir lieu, à l'égard de la contribution des patentes, des centimes communaux qu'elles reçoivent sur les autres contributions;

Que, s'il est juste d'allouer sur ce fonds les dégrèvemens auxquels les contribuables peuvent avoir droit, ainsi que les soulagemens que leur position réclame, les communes, d'un autre côté, ont un intérêt égal à ce que les taxes soient établies d'une manière exacte et équitable, afin qu'il n'y ait que le moins possible d'erreurs dans les rôles; qu'en conséquence il est naturel, sous ce point de vue comme sous d'autres rapports, que, conformément aux dispositions des lois du 1er brumaire an VII, l'autorité municipale soit appelée à participer aux travaux qui ont lieu pour le recensement et la classification des patentes;

Considérant que si ces opérations étaient exécutées exclusivement par les agens de la direction des contributions directes, il serait à craindre qu'à défaut d'informations exactes, ou par excès de zèle de leur part, beaucoup de taxes ne fussent portées à des taux trop élevés et dont le dégrèvement retomberait ensuite sur le fonds des 13 centimes; que, bien que ce fonds soit affecté d'abord aux décharges et réductions, il ne doit pas être employé à procurer au Trésor des taxes qui seraient dénuées de fondement, et dont la rentrée ne s'effectuerait qu'au détriment des attributions qui peuvent être réservées aux communes ;

Considérant qu'à Paris, le fonds des 13 centimes, qui s'élève à plus de neuf cent mille francs, laisse ordinairement un reste libre de trois cent mille à quatre cent mille francs, prélèvement fait des dégrèvemens et non valeurs; mais que, pour 1842, les mesures récemment prescrites par M. le ministre des finances, en ce qui concerne la contribution des patentes, donnent lieu de craindre que ce fonds ne soit entièrement absorbé par les décharges, et que la caisse municipale ne soit ainsi privée de la ressource importante qui lui revient annuellement sur la contribution dont il s'agit,

DÉLIBÈRE :

M. le préfet est invité à se pourvoir auprès de M. le ministre des finances, et au besoin par toutes les voies de droit, pour que l'impôt des patentes continue d'être établi comme il l'a été jusqu'à ce jour, en exécution de la loi du 1er brumaire an VII, et conformément aux dispositions, tant de l'arrêté du 15 fructidor an VIII que de l'instruction du 5 vendémiaire an IX.

« Dans un article que le ministère nous a contraints de publier en vertu des lois de septembre, dit le *National* du 24 août, il s'est efforcé de démontrer que le conseil municipal de la ville de Paris ne s'était nullement prononcé contre le mode de recensement. Il a prétendu que ce conseil avait seulement réclamé contre la voie suivie par rapport aux patentes.

» La presse a prouvé que les délibérations du 14 et du 16 juillet dernier s'attaquaient à toutes les prétentions fiscales de M. Humann.

» Mais cette opinion n'était pas nouvelle : nous avons sous les yeux le texte d'une délibération qui porte la date du 11 juin. Le préfet avait demandé une augmentation de fonds pour donner des auxiliaires aux commissaires répartiteurs de la ville de Paris, et le conseil s'est décidé à voter les fonds demandés en vertu du considérant suivant :

« Considérant que les mesures réclamées à cet effet deviennent d'autant plus nécessaires que M. le ministre des finances fait exécuter, en ce moment, un nouveau recensement général des divers élémens de la matière imposable, et qu'en *présence d'un système qui tend à donner à cet égard aux agens de la direction des contributions directes un pouvoir sans limites comme sans contrôle, il importe que l'administration municipale ne reste pas désarmée et puisse se ménager les moyens de veiller à la conservation des intérêts qu'elle est appelée à défendre.*»

» Ce texte est-il assez clair ? Peut-on équivoquer encore ? Le système du ministre n'est-il pas flétri comme tendant à donner au fisc *un pouvoir sans limite et sans contrôle*, c'est-à-dire le plus odieux arbitraire ? Ne s'agit-il pas bien du *recensement de divers élémens de la matière imposable* ? Ne vient-on pas armer l'administration municipale contre les empiétemens ministériels ?

» Vous disiez que le conseil municipal de Paris ne s'était pas expliqué, et vous avez eu communication de ce considérant si formel, si net, si remarquable ! Expliquez-vous donc maintenant, et tâchez de subtiliser encore après cette écrasante condamnation. »

Il est inutile d'insister davantage pour démontrer que la circulaire ministérielle viole ouvertement la loi.

Nous allons prouver que cette circulaire porte encore atteinte au principe essentiel de la constitution financière de l'impôt. En effet, dans l'état actuel des choses, la chambre vote une somme fixe à imposer, et cette somme se répartit entre les départemens, de telle sorte que la plus-value de la matière imposable ne vient point en augmentation du principal mais en dégrévement des cotes individuelles. D'après le système de la circulaire, l'impôt devant rendre *tout ce qu'il peut rendre*, l'accroissement survenu dans la richesse publique produira nécessairement un accroissement proportionnel dans le revenu de l'Etat, sans allégement aucun pour les individus. — Et qui constatera l'augmentation de valeur de la matière imposable? L'administration du fisc; à elle seule appartiendra le droit de renseigner les chambres, les conseils généraux et les conseils d'arrondissement. Il en adviendra que les chambres, les conseils généraux et les conseils d'arrondissement, n'ayant aucun moyen de vérifier les évaluations présentées par les contrôleurs, les adopteront telles quelles, leur donneront force de loi, et règleront d'après elles le contingent des départemens et des communes; c'est que, par suite de ce réglement, quand les répartiteurs et les municipalités voudront opérer la répartition individuelle, et, pour cela, procéder à l'évaluation de chaque propriété, ils se trouveront, en fait, dépouillés de toute liberté dans leurs appréciations, placés irrésistiblement sous le joug des évaluations précédemment faites par les agens des contributions et adoptées par les chambres. A ceci nous pouvons appliquer l'observation très juste de J.-B. Say, que les besoins du gouvernement donnent presque toujours naissance aux interprétations, et que l'interprétation d'une loi de finance équivaut à un nouvel impôt. Les tendances du système financier que l'on veut appliquer en ce moment ont donc pour effet de changer réellement, quoique d'une manière détournée, les impôts de répartitions en impôts de quotité.

C'est ce que le conseil d'arrondissement de Marseille a développé dans des considérans que nous allons reproduire.

Qu'est-ce, en effet, dit-il, que le recensement général auquel on se livre de toutes les propriétés bâties et des portes et fenêtres, des individus passibles de la taxe personnelle et des loyers d'habitation, des patentables et de valeurs locatives, si ce n'est le remaniement complet des bases et de l'assiette des contributions directes, qui doit se résoudre, en définitive, en une recomposition *à priori* de toutes les cotes particulières de l'universalité des imposés? C'est-à-dire que les contingens ne seront plus que la somme totale des rôles formés par les agens du fisc; que les chambres, au lieu d'une somme fixe à imposer, n'auront plus qu'à réunir le montant total des cotes, suivant les évaluations arbitraires qui leur auront été données, et qu'en dernier résultat, les tarifs seront substitués à une véritable répartition.

Cela ne va à rien moins qu'à une révolution complète dans notre constitution financière ; que disons-nous ! le mal est plus avancé qu'on ne le pense, car les mesures dont il s'agit aujourd'hui ne sont que le développement d'un système qui a commencé à se produire dès 1815, et qui a passé inaperçu dans une de ces petites lois fiscales qu'on a introduites trop souvent dans la grande loi du budget, vers la fin des sessions.

Jusqu'en 1835 les constructions nouvelles étaient soumises à l'impôt concurremment avec les autres, de telle sorte que leur produit venait à la décharge du contingent de la commune ; il n'en résultait aucune augmentation de recette directe pour l'état ; seulement, les cotes des contribuables en étaient diminuées d'autant.

L'article de la loi du 17-21 août 1835 a changé ce système.

A dater du 1er janvier 1836, porte cette disposition, les maisons et usines nouvellement construites ou reconstruites et devenues imposables, seront, d'après une matrice rédigée dans la forme accoutumée, cotisées comme les autres propriétés bâties de la commune où elle sont situées, et accroîtront le contingent dans la contribution foncière et dans la contribution des portes et fenêtres de la commune, de l'arrondissement et du département.

Désormais donc, en vertu de ce droit nouveau, l'impôt attribué à toute construction nouvelle, a accru d'autant le contingent de la commune, et, par suite, celui de l'arrondissement et du département vis-à-vis du fisc, en sorte qu'il vient en augmentation des recettes du trésor, au lieu d'entrer, comme auparavant, en déduction des charges des contribuables. Cet accroissement de recettes n'est point à dédaigner pour l'état ; il était, l'année dernière, pour le département seul des Bouches-du-Rhône, d'une somme de 15,140 francs pour la contribution foncière, et de 5,966 fr. pour celle des portes et fenêtres.

Mais on doit reconnaître que c'est une brèche

véritable au système de répartition de l'impôt direct. Cette innovation, fâcheuse en elle-même, a eu des résultats plus fâcheux encore pour l'arrondissement de Marseille que pour tout autre.

Car, pendant que les communes de cet arrondissement étaient privées de l'excédant de ressources que devaient leur apporter les nouvelles matières imposables, le conseil général prenait texte du développement de bâtisses qui s'était manifesté chez elle pour accroître considérablement, au profit des deux autres arrondissemens, le contingent du premier.

C'est là, sans contredit, une conséquence triste du système nouveau qui a pris naissance dans l'art. 2 de la loi du 21 août 1835, et qui se complète comme on le voit aujourd'hui. Mais ce qu'il y a de plus triste, c'est qu'il est facile de prévoir que les choses demeurant ce qu'elles sont et par l'effet seul du laps de temps, le mouvement de reconstruction rapide qui a eu lieu partout en France, amenant de plus en plus les contributions directes dans la caisse de l'état d'une manière immédiate, toute l'économie de notre système de répartition sera altérée, et l'impôt deviendra forcément un impôt de quotité.

Un impôt de quotité! Y songe-t-on bien? Mais ce serait la ruine de toute franchise locale, ce serait effacer jusqu'à la moindre trace ce droit ancien et respecté que l'on retrouve dans les pays les moins libres, de répartir entre soi, comme dans une assemblée de famille, les charges publiques, quelle que soit leur étendue.

Les mesures nouvelles venant à la suite de la disposition de l'article 2 de la loi de finances de 1835, nous paraissent conduire directement à ce résultat.

Que le gouvernement donc y avise!

Si l'équilibre entre les recettes et les dépenses est rompu, que l'on se présente avec franchise devant les chambres, et qu'on leur demande un accroissement du principal à répartir. Cela vaudra mieux que d'arriver au but par un détour en bouleversant la constitution financière de l'impôt, en cherchant, par des dispositions de lois isolées, ou des circulaires ambiguës, à convertir un impôt de répartition en impôt de quotité.

Qu'on veuille bien s'en souvenir! la loi du 31 mars 1831 avait voulu consacrer ce système. L'air que respire le pauvre, la lumière qui pénètre à travers sa lucarne, tout devait lui être compté et pesé. Des concitoyens auraient reculé devant la perception de cet impôt exorbitant; les agens du fisc en furent chargés d'une manière exclusive : eux seuls durent procéder à l'assiette de l'impôt et à la confection des rôles .. Et pourtant, le mécontement public fut tel que le législateur comprit qu'il avait fait fausse route, et il fut forcé d'abroger, par la loi du 21 avril 1832, celle du 31 mars 1831 !

Qu'il plaise à l'administration supérieure renoncer aux mesures nouvelles, prescrites relativement à l'assiette des contributions directes, qui paraissent au conseil s'écarter des formes établies par les lois et règles usitées en matière d'impôt direct, laissant aux administrations les attributions de répartition qui leur appartiennent plus spécialement, et proposer à la prochaine réunion des chambres une disposition tendant à abroger l'article 2 de la loi du 17-21 août 1835, en ce qu'elle porte atteinte au système de répartition précédemment établi.

Nous avons démontré 1° que le recensement tel qu'il est fait d'après la circulaire ministérielle est illégal dans sa forme; 2° qu'il viole le principe de la constitution financière de l'impôt. Il nous reste à prouver qu'il est inique et immoral.

Le recensement est inique. En effet, de deux choses l'une : ou il a pour objet d'augmenter le principal des contributions directes autres que l'impôt foncier proprement dit, ou d'en changer la répartition en conservant le chiffre.

Dans le premier cas, M. Humann devait consulter les chambres et avoir leur autorisation.

En présentant à la prochaine session les tableaux du recensement qui doivent servir de base au vote législatif, M. Humann oblige les chambres à voter et la nation à payer d'après des évaluations arbitraires, exagérées, mensongères, par conséquent injustes ; ou si les chambres rejettent comme irréguliers les états dressés par ses agens, il aura donné aux fonds votés pour opérer le recensement, selon les formes légales, une destination autre que celle affectée; il aura, par conséquent, détourné de leur emploi normal les deniers publics.

Dans le second cas, il force les malheureux habitans des campagnes à payer pour les ouvertures de leurs chaumières, pour leur pauvre mobilier, afin d'alléger les contributions des grands propriétaires; il force les ouvriers des villes qui travaillent en chambre à prendre des patentes, afin de décharger d'autant les opulens banquiers, les riches commerçans. Et ces obligations que dans leur esprit de justice les municipalités n'avaient pas voulu imposer aux classes laborieuses, seront pour celles-ci une nouvelle source de misère.

Mais ce dernier cas n'est qu'une pure hypothèse. Riches et pauvres devront payer le plus possible. On veut *obtenir des impôts les produits qu'on est en droit d'en attendre.* Il faut donc pressurer la matière imposable, il faut fouler les contribuables, en tirer jusqu'au dernier suc. L'impôt n'est-il pas pour ceux qui le paient le *meilleur placement?* Payez donc ; versez dans les coffres du ministère, véritable tonneau des Danaïdes, le fruit si chèrement acheté de votre travail, de votre commerce, de votre industrie.

Payez jusqu'à votre dernier sou, et n'oubliez pas que nous sommes en pleine paix, au milieu de ce qu'on appelle dans le monde officiel la *prospérité publique* et sous un régime où l'on *a prescrit la plus sévère économie dans les dépenses* (1).

Et si un jour la France voulait secouer le joug infâme de la peur, et, l'épée à la main, reconquérir son rang et l'influence qu'elle a perdue, où puiserait-elle ses ressources? De tant d'années de paix, de tant de richesses, que lui resterait-il? Un déficit énorme, une banqueroute peut-être. Ah! puisse-t-elle alors compter du moins sur le dévoûment et l'énergie de ses citoyens!

Le recensement est immoral. En effet, le ministère a fait dire à ses journaux officiels, si vous aimez mieux, à ses garçons journalistes, comme l'a si bien dit un journaliste qui n'est pas ministériel, que le recensement de la population n'avait pour but que de faire ressortir un des principaux élémens de notre prépondérance politique en Europe; et que le recensement des valeurs locatives et mobilières ne tendait qu'à recueillir, dans l'intérêt même de la justice et des contribuables, les élémens d'une nouvelle répartition législative de la contribution foncière.

Contrairement à ces déclarations, M. Humann écrit dans sa circulaire du 25 février :

« Les recettes ne sont plus au niveau des dépenses ordinaires; il est urgent de prendre des mesures pour obtenir des impôts les produits qu'on est en droit d'en attendre.

» L'état de nos finances, ajoute M. Legrand,

(1) Discours de la Couronne. *Moniteur* du 6 novembre 1840.

exige que l'on demande aux impôts existans tout ce qu'ils peuvent produire. »

Le but réel du recensement est donc, non pas une nouvelle répartition de l'impôt, mais l'augmentation du principal; par ce moyen, on espère combler le milliard de déficit. Et l'affirmation contraire des organes du ministère est un mensonge!

Mais là n'est pas toute l'immoralité. Elle est encore dans les détails du mode de recensement.

Quels sont les gens que l'on place à côté des contrôleurs pour les aider dans leurs évaluations et visites domiciliaires? Ce sont les percepteurs ou les collecteurs de taxes, c'est-à-dire, des hommes qui sont personnellement intéressés à l'augmentation de l'impôt, parce que leurs émolumens s'élèvent avec les sommes qu'ils sont chargés de recouvrer, des hommes qui, par conséquent, ont un intérêt particulier directement contraire à celui des contribuables.

Et, comme si cet intérêt particulier ne parlait pas assez haut, M. le directeur général des contributions directes a l'impudeur d'écrire la circulaire suivante à MM. les receveurs généraux, le 19 avril 1841 :

La plupart des percepteurs, monsieur, ont spontanément offert leur concours aux contrôleurs pour le recensement des communes de leur perception. Ces comptables **ONT COMPRIS** qu'ils étaient **PERSONNELLEMENT INTÉRESSÉS** à la bonne exécution d'un travail qui doit rendre les recouvremens plus faciles, et **ACCROITRE LEURS REMISES EN ÉLEVANT LE MONTANT DE L'IMPOT.**

Les contrôleurs *hésitaient* à profiter de la bonne

volonté des percepteurs, dans la *crainte* d'agir contrairement aux intentions de l'administration ; mais je *leur ai fait savoir* que s'ils n'ont pas le droit de requérir le concours de ces comptables pour l'opération du recensement, *rien ne doit les empêcher* d'accepter ce concours toutes les fois qu'il leur sera offert, et que le service du recouvrement n'aura pas à souffrir. JE VOUS SAURAI GRÉ, monsieur, de *tout ce que vous voudrez bien faire* pour SECONDER, A CET ÉGARD, LES BONNES DISPOSITIONS DES PERCEPTEURS.

« Et puis, s'écrie M. Portalis, qu'est-ce donc » que ces contrôleurs surnuméraires, percep- » teurs surnuméraires et auxiliaires et aspirans. » Mais c'est toute une armée, c'est une inva- » sion ! Quelles garanties avons-nous de la mo- » ralité, de l'intelligence, de la capacité et de » l'impartialité de tous ces jeunes et avides sol- » liciteurs de places ? Quelle loi autorise le mi- » nistre des finances et le directeur général des » contributions à livrer la France à cette nuée » de sauterelles ? »

III.

Ainsi, le recensement est illégal au fond et dans la forme, il est inique et immoral. C'est une atteinte des plus graves portée à la constitution, mais qui ne doit surprendre personne. Qui ne connaît la pensée secrète du ministère de l'étranger, ses tendances envahissantes et contre-révolutionnaires? Après avoir proscrit les associations, attaqué le jury, baillonné la presse, dissous les gardes nationales, effacé par arrêt de cour royale le droit de pétition, poursuivi dans la personne d'un député la liberté électorale, il veut détruire les garanties que trouvent les citoyens dans l'institution des municipalités.

On espérait trouver cette fois encore une docilité parfaite, un laisser-faire déjà si souvent éprouvé. *On criera, mais on paiera*, pensait-on. Et c'est chose si douce que de voir de ses yeux, de toucher de ses mains des monceaux d'or, de beaux écus tout neufs, bien sonnans, polis, luisans au soleil et de pouvoir s'écrier : Ceci est à moi ! On est si puissant quand du haut de son coffre-fort, on peut dire à la foule affamée (comme le tentateur au Christ, qu'il avait transporté sur le pinacle du temple) : « Richesses, honneurs, jouissances, je te donnerai tout cela si tu veux me vendre ton ame, ta conscience, ta liberté et te livrer à moi. »

Compter sur la patience de la gent gouvernée, ce n'était pas, il faut en convenir, par trop déraisonnable. Les hommes ont des goûts singuliers ; par nature ou par habitude, ils se rapprochent assez de l'âne de Phèdre : *Clitellas dùm portem meas*, ils aiment à porter le bât, surtout si le bât a des sonnettes. Mais encore finissent-ils par se lasser.

« Crois-tu, mon enfant, qu'il y ait eu un plus vaillant chevalier que moi dans le monde ? disait, au plus beau de ses folies, le chevalier de la Manche, à son écuyer. As-tu lu dans les histoires qu'un autre ait jamais eu plus de résolution à entreprendre, plus de vigueur à attaquer, plus d'haleine à soutenir, plus de promptitude et d'adresse à frapper, et plus de force à renverser ? — La vérité est, répondait Sancho, que je n'ai jamais rien lu de semblable, car je ne sais ni lire ni écrire ; mais je jurerais bien que de ma vie, je n'ai servi un maître plus hardi que vous, et Dieu veuille que cette hardiesse ne nous mène pas où je m'imagine ! »

Ainsi devisent certains don Quichottes doctrinaires, et l'on assure que maintes fois déjà plus d'un Sancho Pança, effrayé de leurs entreprises audacieuses, leur a fait, mais en vain, pareilles remontrances. Les dieux aveuglent ceux qu'ils veulent perdre, a dit le poète. Enivrés par le succès, ils ont cru qu'ils pouvaient tout oser.

« N'envions pas le sort des peuples qui paient peu d'impôts, disait M. Humann, ils demeurent stationnaires. Point de perfectionnement qui ne se résolve en accroissement de charges publiques. » Et fort de cet axiome financier, il a voulu fouiller jusqu'au fond de la bourse des contribuables, et en a trouvé les cordons serrés. Il a ordonné à ses agens de procéder personnellement et en se rendant de *maison en maison* au recensement *à domicile*; les citoyens ont refusé d'ouvrir leurs portes. Surpris, mais non persuadé, le ministère a paru réfléchir, hésiter, et s'est décidé pour la violence. Cette fois encore, le télégraphe a joué et envoyé des ordres impitoyables. On a voulu faire par la force ce que l'on ne pouvait pas faire par le droit. Mais les populations se sont émues, elles se sont opposées à l'exécution de mesures iniques et illégales. Toulouse a donné le signal de la résistance. La municipalité, appuyée par la garde nationale, le peuple et sa courageuse presse, a protesté, a imposé la modération et chassé honteusement le préfet Mahul, l'os des os, la chair de la chair du ministère. Villeneuve-sur-Lot, Sainte-Livrade, Agen, Libourne, Cahors, Valence, Bordeaux, Troyes, Lille ont suivi son exemple. On a vu les agens de l'autorité en fuite, et cherchant un asile dans les prisons, au milieu des voleurs; le procureur général Plougoulm échangeant, dans son effroi, sa robe rouge contre un uniforme, et sa toque contre un bonnet de grenadier. Paris, Caen, Strasbourg, Dijon, Grenoble, Poitiers, Rennes, Moulins, Clermont, Carcassonne, Marmande, Avignon, Niort, Le Mans, Lombez et beaucoup d'autres villes ont repoussé de la manière la plus énergique les prétentions ministérielles. En vain a-t-on voulu faire de l'intimidation; les canons braqués sur les places, les rues occupées par les soldats, les charges de cavalerie, les arrestations n'empêchent pas l'indignation publique de se produire. Ce sont les factieux, les anarchistes, dit-on, qui fomentent les troubles, provoquent les séditions. Soit, mais qui sont les factieux et les anarchistes, ou des conseils municipaux qui, la loi à la main, défendent le droit commun et l'intérêt des contribuables, ou des ministres qui sacrifient inpudemment la loi, l'intérêt des contribuables et le droit commun, à l'ambition, à l'égoïsme, à l'esprit de fiscalité? De toutes parts les murmures s'élèvent, les plaintes éclatent, les mécontentemens se traduisent par des actes plus ou moins sérieux. La France entière résiste; et vous la mettez hors la loi, messieurs les doctrinaires. Attendons, elle aura son tour.

Du reste, sachez-le bien : l'intérêt matériel seul n'a pas soulevé la nation. Le recensement a été en outre, a été surtout l'occasion légitime pour l'opinion de manifester ses antipathies. La cause principale des résistances, c'est le profond mépris du système politique que vous représentez.

Souvenez-vous de 92. Mettez à votre place la république, et dites-moi si l'on eût refusé l'impôt. Alors les mères offraient leurs fils à la patrie;

les pères marchaient avec eux à la frontière; les jeunes filles donnaient leurs bijoux pour acheter de la poudre et des balles, et avec leur plus beau linge faisaient de la charpie; les vieillards préparaient les armes, et les jeunes gens étaient fiers de mourir. La France est encore prête à tous les sacrifices, mais elle ne peut supporter l'infamie, et vous avez voulu la lui imposer. La France abhorre la lâcheté et la trahison, et elle voit à la tête du ministère l'homme qui s'appelle Guizot, l'homme qu'elle considère, à juste titre, comme un ennemi public.

Honneur à elle d'avoir enfin compris qu'elle ne pouvait plus rester sous les fourches caudines du ministère. Mais cet élan ne doit pas se borner à de vaines démonstrations. Que tous ceux qui aiment la France d'un véritable amour s'unissent; assez long-temps nous avons cherché dans des luttes intestines, dans des haines insensées, un remède à nos maux. Nous devons comprendre que la France est une, indivisible, que l'égalité doit être la base de ses institutions comme elle est le fond des habitudes et des mœurs des citoyens; que le privilége est une chose inique, immorale, la source du despotisme, une cause permanente de désordres et de déchiremens; que la corruption érigée en système politique est le plus grand malheur qui puisse frapper un peuple, car elle éteint son intelligence, elle épuise sa vie, elle tue son énergie. Rallions-nous donc sous le drapeau de la souveraineté populaire, c'est le drapeau national, le drapeau français. Rallions-nous contre l'ennemi commun.

Notre devoir, dans ces circonstances, est de

faire respecter la loi, de résister activement à toutes mesures illégales, à tous envahissemens ministériels. La garde nationale est instituée pour défendre la charte et les droits qu'elle a consacrés, pour maintenir l'obéissance aux lois. Son devoir est de prêter main-forte aux municipalités et de les protéger par tous les moyens que commandent la liberté et la sécurité publique.

Les citoyens doivent s'opposer, au nom de la loi, aux opérations du recensement faites par les directeurs, contrôleurs, percepteurs et autres agens du fisc, quand ils se présentent en leur propre nom, et qu'ils n'assistent pas simplement les officiers municipaux et leurs délégués. Ils doivent, dans ce cas, s'abstenir de leur donner des renseignemens. Ils doivent, à plus forte raison, les empêcher d'entrer dans leurs maisons, de pénétrer dans leurs domiciles. La loi punit d'un emprisonnement de six jours à un an, et d'une amende de 16 fr. à 500 f., tout fonctionnaire de l'ordre administratif ou judiciaire, tout officier de justice ou de police, tout commandant ou agent de la force publique qui, agissant en ladite qualité, se sera introduit dans le domicile d'un citoyen contre le gré de celui-ci, hors les cas prévus par la loi, et sans les formalités qu'elle a prescrites (art. 184 du Code pénal). Si les agens du fisc veulent employer la violence à l'effet d'opérer le recensement illégal qui leur est prescrit, ils commettent un abus d'autorité contre la chose publique. Or, le Code pénal a prévu et puni ce crime par les dispositions des art. 188 et 189, ainsi conçus :

Art. 188. « Tout fonctionnaire public, agent

ou préposé du gouvernement, de quelque état et grade qu'il soit, qui aura requis ou ordonné, fait requérir ou ordonner l'action ou l'emploi de la force publique contre l'exécution d'une loi ou contre la perception d'une contribution légale, sera puni de la reclusion. »

Art. 189. « Si cette réquisition ou cet ordre ont été suivis de leur effet, la peine sera le *maximum* de la réclusion, c'est-à-dire *dix ans*. » (Loi du 28 avril 1832.)

Il est vrai que l'art. 190 du même Code déclare que les peines énoncées aux art. 188 et 189 cesseront d'être applicables aux fonctionnaires ou préposés qui auraient agi par ordre de leurs supérieurs, si cet ordre a été donné par ceux-ci pour des objets de leur ressort et sur lesquels il leur était dû obéissance hiérarchique. Mais, dans ce cas, les peines portées ci-dessus seront appliquées aux supérieurs qui, les premiers, auront donné cet ordre. C'est donc le ministère qui deviendra responsable des actes de ses agens, et nous espérons qu'il se trouvera à la Chambre un homme de cœur pour provoquer sa mise en accusation.

Dans tous les cas, le fonctionnaire qui agit en dehors de ses attributions, perd par cela même le caractère légal qui le rend inviolable et c'est pour les citoyens toujours un droit et souvent un devoir de lui résister.

Certes, nous ne sommes pas de ceux qui poussent à la révolte; à l'émeute, nous n'admettons comme juste que l'insurrection, parce que l'insurrection c'est l'exercice que fait le peuple de sa souveraineté dans un moment suprême. Mais nous ne sommes pas non plus de ceux qui disent :

Soumettez-vous à la force, vous êtes trop faible pour lui résister, subissez-la. Non, un homme ne doit jamais accepter le mal, puisque son devoir est de le combattre. Entre des souffrances glorieuses et une servitude infâme, il n'y a pas à choisir. Mieux vaut cent fois être brisé par l'injustice que de courber la tête devant elle. Et, en ce sens, nous disons : dans le cas d'oppression, et il y a oppression là où il y a violation voulue, préméditée, violation systématique de la loi, rien n'est plus légitime que repousser la force par la force.

Il y a péril, me direz-vous. Je le sais, mais il y a obligation morale. Il y a péril aussi dans une ville assiégée à se présenter sur la brèche et à montrer sa poitrine à l'ennemi. Celui-là seul est digne de la liberté qui sait la défendre et, au besoin, braver pour elle l'amende, la prison........

Et puis si vous croyez au bien, si vous avez foi en lui, ne savez-vous pas que la force s'use et que le droit reste, et cette pensée ne doit-elle pas vous soutenir, vous encourager ?

Il y eut un homme qui par ruse et par force, au mépris des traités et de la foi jurée, voulut se rendre maître de la Grèce. Les Athéniens, peuple frivole, spirituel, fou de spectacles et de jeux, occupé de ses plaisirs beaucoup plus que de ses affaires, s'effrayaient de sa fortune et s'abandonnaient au désespoir. Philippe de Macédoine profitait de leur lâcheté et de leur incurie, il étendait ses conquêtes et envahissait toujours.

Démosthène s'émut à la vue de la liberté expirante. Il convoqua le peuple, et après lui avoir rappelé sa grandeur passée et exposé les causes de son abaissement et de sa ruine, il s'écria : « On aurait tort de se figurer que le Macédonien, maître de tant de places, de tant de ports, de tant d'autres avantages dont il s'est assuré, se soutiendra toujours par la force. Il est vrai que quand la puissance est fondée sur l'amour des peuples, et que des alliés qui font la guerre ont le même intérêt à la continuer, aucun travail ne les rebute, aucun revers ne les décourage, rien ne peut les faire changer de parti. Mais lorsque la grandeur d'un homme n'est l'ouvrage, comme celle du Macédonien, que de l'ambition et de la mauvaise foi, le plus léger échec, le moindre coup suffit pour l'ébranler et pour l'abattre. Car, il n'est pas possible qu'un injuste, un imposteur, un parjure ait des succès constans. Il peut bien tromper une fois et réaliser par hasard une partie de ses espérances, mais bientôt il se démasque et ne tarde pas à voir l'édifice de sa fortune se dissoudre et s'écrouler. Et comme pour être durables, une maison, un vaisseau, un bâtiment quelconque, doivent avoir un fondement solide; de même pour être constamment heureuse, une entreprise doit avoir pour principe et pour base la justice et la vérité, et c'est par là que manquent toutes celles du roi de Macédoine. »

Citoyens, souvenez vous de ces paroles, ayez confiance dans votre droit, résistez hardiment, dans les limites de la loi, au ministère de l'étranger, et vous justifierez bientôt ces mots à jamais célèbres : *Il est immortellement vrai que lorsqu'un peuple, vraiment peuple, est debout pour sa liberté, aucun pouvoir ne suffit pour le dompter.*

Au moment de mettre sous presse, nous lisons dans le *Moniteur* que dans plusieurs départemens, le ministère a obtenu des conseils généraux un vote favorable au recensement Humann. Il chante victoire et cependant je ne vois pas là sujet de tant se réjouir.

Que prouve l'adhésion de quelques hommes à une mesure fiscale qui soulève contre elle la France entière?

Est-ce que dans leur intelligence, dans leur moralité, dans leur patriotisme, il y a quelque chose qui doive faire prévaloir leur opinion particulière sur l'opinion générale qui se prononce dans un sens contraire, avec tant de netteté et de décision? Non, vraiment. Les conseils généraux représentent l'aristocratie territoriale et financière, et c'est précisément l'aristocratie qui dispose du budget et en profite. La nouvelle répartition de l'impôt doit, dit-on, en atteignant de nouveaux contribuables, alléger les charges personnelles actuellement établies ; c'est donc le pauvre qui viendra au secours du riche. Comment s'étonner dès lors que l'aristocratie accepte une mesure qui, d'une part, met entre ses mains un plus gros budget à dévorer, et d'autre part, peut diminuer sa cote dans le paiement des contributions ?

Mais il y a beaucoup de députés dans les conseils généraux, et ils adoptent le recensement?

C'est vrai, mais il ne faut pas oublier que *cent quatre-vingts* fonctionnaires publics siègent à la Chambre, qu'ils sont personnellement intéressés à l'augmentation des recettes et qu'ils sont, en outre, placés, quant à leur vote, sous la dépendance du ministère. Quelle garantie trouvons-nous donc dans leur adhésion ? La nation n'y verra qu'une nouvelle preuve de leur égoïsme, et de leur faiblesse, et un motif de plus en faveur de la réforme électorale. Placés entre leur conscience et leur intérêt, les Cincinnatus du budget, les Curtius de la Camarilla votent pour le ministère. C'est tout simple. Pour eux, le *delenda Carthago*, c'est la bourse des contribuables ; l'ennemi, c'est le bourgeois récalcitrant qui cache son avoir et serre ses écus.

M. de Gand, en personne, est allé à Caen ouvrir la session du conseil général et solliciter un vote politique. Il a obtenu ce qu'il demandait, et de plus un charivari qu'il ne demandait pas. Le ministre dépose une boule blanche en sa faveur, il s'applaudit, rien d'étonnant encore ; le peuple le siffle, il en a le droit, car c'est lui qui paie. Mais des conseils généraux qui acceptent le recensement ou des municipalités qui le repoussent, qui triomphera définitivement? C'est ce que l'avenir décidera, et le ministère fera bien d'y réfléchir ; c'est tout juste s'il en aura le temps. *Les morts vont vite*, dit la ballade.

Du reste, les feuilles officielles ne se font pas plus faute, dans cette occasion, que dans toute autre, de dénaturer les faits. Ainsi le *Moniteur* dit que le conseil général du département du Nord s'est partagé entre treize voix d'un côté et treize de l'autre, et a repoussé la proposition contraire à la mesure Humann. Or, voici les dispositions de la délibération du conseil :

« Le conseil général exprime le regret que M. le ministre des finances, par sa circulaire du 25 février 1841, se soit écarté du système que lui-même avait fait consacrer par une ordonnance royale, le 8 décembre 1832, et qui présentait un ensemble de garanties précieuses pour les contribuables ;

» Il émet le vœu que M. le ministre veuille bien *rapporter cette circulaire* ;

»... Et que les municipalités continuent d'obtenir, dans l'opération du recensement, la part légitime d'influence qui leur revient, sans que l'unité centrale ni la force d'action qui doit toujours appartenir au pouvoir exécutif puissent en recevoir aucun affaiblissement. »

Peut-on mentir avec plus d'impudence !

Heureusement pour la France, la lumière se fait, et le voile qui couvre l'iniquité se déchire.

Impr. Lange Lévy et comp., rue du Croissant, 16.

www.ingramcontent.com/pod-product-compliance
Ingram Content Group UK Ltd.
Pitfield, Milton Keynes, MK11 3LW, UK
UKHW021648260726
13994UKWH00003B/1339